22253

P. FIÉRON.

L'HABIT

FAIT-IL LE MOINE?

« L'habit est une partie intégrante de l'homme, il agit sur nos sens et détermine notre jugement. L'habit c'est une force.. L'habit fait l'homme.

(B. Pascal.)

TOURNON

IMPRIMERIE ET LITHOGRAPHIE DE J. PARNIN

22, RUE BOURBON, 22,

—

1872

A MES VERS

Va, vole, étourdiment, vive, simple et follette,
Voltige au gré des vents, va petite bluette ;
Tu devrais craindre hélas ! les regards d'un censeur,
Critique impitoyable, ironique encenseur..
Puisque tu veux enfin sortir de ta cachette,
Songe, il faut éviter cet argus qui te guette..
De par le monde il est plus d'un vain détracteur,
Crains jusqu'aux demi-mots, surtout le chuchoteur.
Écoute par ici, vois déjà l'on décrète,
Sur tes défauts l'on rit, l'on jase, l'on caquète ;
Le moine, son habit, sujet peu tentateur,
Ce proverbe est trop vieux.. quelque dissertateur
L'aura bientôt prouvé.. tout cela m'inquiète..
Cette publicité... je crains, je la regrette.
As-tu pensé briller et plaire à ton lecteur,
N'y crois pas, c'est trop vain, qui te flatte est menteur.
Tu te trouvais recluse en ton humble logette,
Tu voulais le grand air,.. t'y voilà ma pauvrette,
Tu va choir, gare à toi, gare à l'épilogueur..
Eh pourquoi t'exposer, et braver sa rigueur.
Ce sera faute à toi, si chacun te rejette ;
Si le malheur t'arrive, il faut rester muette,
Et laisser inédit ce proverbe asserteur,
Ce qui brille, souvent, est or faux, vil, menteur..
Tu garderas aussi cette autre œuvre coquette,
Le cancan, de nos mœurs véridique gazette,.
Sais-tu ce que verra dans ton œuvre un censeur,
Il cherchera la faute, en sévère agresseur,
Une rime douteuse, une faible épithète,
Un hardi synonyme.. il dira, c'est disette
De pensers et de mots.. ce fin observateur

Pour peu qu'il soit lettré, sera ton correcteur.
Essayez ;. c'est facile ;. il faut un peu de tête,
De raison, pas du tout ; en faut-il au poëte ?....
Il te manque en ce jour un puissant protecteur,
Son rang, son nom rendraient bienveillant le lecteur;
Ils pourraient te sauver de la triste oubliette,
Hélas ! sans cet appui, que feras-tu seulette ?
Toi l'essai d'un poëte inconnu comme auteur,
Vivant humble, ignoré, loin d'un monde ergoteur...
Enfin, *vox emissa,* va, petite bluette,
Va, vole au gré des vents, vive, simple et follette.

L'HABIT

FAIT-IL

le Moine?

———⁂———

« L'habit est une partie intégrante de
l'homme, il agit sur nos sens et détermine
notre jugement. L'habit c'est une force.
L'habit fait l'homme. »

(B. PASCAL.)

————

I

J'entends de toutes parts, un singulier dicton :
L'habit fait-il le moine ? et cela sur un ton
Plaisant, railleur parfois, qui fait que j'examine
Si l'on doit juger l'homme à l'habit, à la mine.
Oui l'habit fait le moine, ou s'il ne le fait pas,
Il le pare fort bien, dans presque tous les cas.
Point ici je ne dis des religieux moines,
Moins encore des abbés, des curés, des chanoines,
Toutes gens que je tiens en un profond respect,
Devant qui je m'incline à leur premier aspect :
Je parle du dicton, sentencieux proverbe,
Sujet original, plaisant, fécond, superbe ;
Et voyons ce dicton que partout on redit ;
Je veux l'examiner, essayer cet habit.
Un censeur me disait : « Vous faites fausse route

« Tous vos alexandrins détruiront-ils le doute ?
« Qu'espérer de ces vers, rocailleux, de travers ?
« Ils font fi du bon sens, le traitent à l'envers ;
« Pas de traits gracieux, une faible césure,
« Un style languissant appelant la censure,
« Ni force, ni verdeur.. Eh ! suivez donc les us
« Des auteurs en renom, de notre Alfred de Mus-
« -set.. Voyez sur son clocher, quel beau point.. la lune..
« Accolés, formant l'i,... image peu commune !
« Classiques sont vos vers, leur tournure est trop an-
« -tique, mettez-y donc un grain, un tour roman-
« -tique... Musset, Hugo, Byron sont beaux exemples,
« Aussi voyez partout, ils ont cultes et temples :
« Don Juan, Child-Harold, Hernani, Namouna,
« C'est parfait de bon goût.. et l'idée.. elle n'a
« Ni vice, ni travers, ni tournures banales.
« Tâchez donc d'imiter ces œuvres magistrales,
« Là, rien de rebattu, de redit, d'épuisé,
« Leurs traits sont tout nouveaux, le style en est aisé.
« Reprenez votre habit, il s'use en pure perte...
Ah ! le maudit censeur, vous voulez guerre ouverte,
Sans tenir compte aucun de mes moments passés,
A chercher une rime, un mot, un fait sensés..
C'est à décourager l'âme la plus robuste,
Et vouloir arrêter mon essor,.. est-ce juste ?
Sachez que le bon sens en proverbes s'écrit,
L'expérience approuve et la raison le dit.
Je n'en démordrai pas ; car mon œuvre est complète,
Elle a nom, sans orgueil, sans fard,. *simple bluette*.

II

Eh ! voyez ce passant, mal vêtu, dépouillé,
On le prend pour un gueux, un vil dépenaillé,
Qui n'a ni feu, ni lieu, sans amis, sans famille,
Enfin un paria sous l'affreuse guenille,
A sa tête baissée, à son œil défiant,
On lui ferait l'aumône, ainsi qu'au mendiant,
Cependant on se trompe en jugeant sur la mine ;
Le négligé souvent dit esprit qui rumine..
Avec un bel habit, vous le verriez bientôt,
Assurer son regard et la tête bien haut,
Recevoir un salut, même la révérence.
L'habit a son pouvoir plus grand que l'on ne pense...
Mais voyez vos enfants et leurs premiers bonheurs :
Un habit, une robe, au chapeau quelques fleurs ;

C'est le premier de l'an, dimanche, jour de fête,
Ils ne sortiront pas, sans la toilette faite.
Et pour la jeune fille en un beau jour de bal,
Quel ennui, quel dépit, si sa toilette est mal !
Elle voit son amie, et mieux mise et pimpante,
Chaque tour engagée.. elle reste à l'attente.
Elle accuse sa robe au corsage mal fait,
A la jupe écourtée, au plissage imparfait,
Et pâle, gémissante et toute courroucée,
Dans les bras de sa bonne elle tombe oppressée..
« Allez chez la tailleuse, et dites, dès demain,
« Que plus n'aurai besoin du travail de sa main.
Le moine c'est l'habit, croyez l'expérience.
Je veux prouver ici son immense influence.
Faut-il chercher longtemps, faut-il un long débit ?
Trois exemples déjà sortent de mon récit.
Dis-je vrai ?. vous doutez ?. voyez votre perruche,
Qui vous fend le tympan et qui bien haut se huche,
Par ses pieds, par son bec, puis bâton par bâton,
S'élève jusqu'au faîte, en élevant le ton.
De l'oiseau qu'aimez-vous ? ce n'est par son ramage
Criard, agaçant, mais son habit, son plumage
Varié, chatoyant, au brillant coloris,
Qui le dispute au prisme, aux couleurs de l'iris.
Filet mignon, pâté, pastilles, sucreries,
Caresses et baisers, maintes flagorneries,
Son habit lui vaut tout ; en feriez-vous autant,
Si votre cher oiseau n'était qu'un chat-huant ?
Au plumage hideux, au cri sinistre, rauque,
Inspirant l'épouvante, au regard terne, glauque,
Cet emblème attristant des tombeaux, de la nuit,
Prenant son lent essor, alors que le jour fuit.
Qu'il est laid, diriez-vous, qu'elle vilaine bête !
Dieu le vilain oiseau, qu'à la porte on le jette,
Le moine c'est l'habit, proverbe original,
Lisez, lisez toujours, vous verrez si c'est mal.

III

Je puis prendre un sujet aux discordes civiles,
Et prouver que l'habit mène les grandes villes.
N'avions-nous pas assez de peines, de douleurs,
Quel délire infernal vient croître nos malheurs ?
Sommes-nous bien en France, ou dans l'Océanie ?
Je ne sais... les kanacs de la Calédonie
Renieraient les forfaits, les crimes destructeurs,

Commis par des français se disant novateurs.
De nos jours c'est le vrai qui n'est plus vraisemblable.
Quel nom maudit hélas ! peut leur être applicable,
A tous ces égarés, insurgés de Paris ?
Qui donc en imposait!. leur audace, leurs cris,
Leurs grands noms, leur valeur ! non.. c'était le costume,
Rappelant la terreur, ce pouvoir qu'il exhume.
Leurs grades, leurs galons, leurs képis, leurs habits
Agitaient, effrayaient, imposaient aux esprits.
Des galons, ils usaient par aunes et par mètres,
C'est par ce grand moyen, qu'ils se posaient en maîtres.
Ici comme partout, l'habit, toujours l'habit,
Qui met l'homme en relief et lui donne crédit.
La faute est à l'habit, tous ces affreux scandales,
Ces crimes, ces horreurs, ignobles saturnales,
N'auraient pas eu leur cours, leur triste dénouement,
Si les chefs n'avaient pas changé de vêtement.
Auraient-ils affolé, sous simple habit de ville,
Un peuple incandescent, devenu trop servile ?
Mais l'un est colonel, un autre est général :
Ils en ont la tenue, elle est bien le signal
Distinctif, apparent de la toute puissance.
On y croit, on les suit, fatale confiance !
Vous n'avez plus, hélas ! le moindre sens commun ;
Car vous êtes conduits par un Goth, par un Hun,
Marchant sous la bannière internationale,
Une folie, un rêve, une erreur, un scandale !
Ils vous mènent, l'on va.. sans motif, sans raison,
Puis au bout du chemin, l'on trouve.. la prison..
Un ordre est-il donné, vite l'on s'y conforme :
Honneur au général, salut à l'uniforme.
Mais connait-on ces gens,. sait-on même leur nom ?
Je gage cent contre un, que chacun dira.. non..
Et l'on se laisse aller, c'est assez la coutume,
Au premier intrigant, s'il porte un beau costume..
Mais laissons ce sujet et ce triste récit,
Qui vient prouver encor le pouvoir de l'habit,..
Si mes vers sont rocheux, si faible est la césure,
Vous avez un beau jeu pour faire la censure.
Allons, mon cher censeur, devenez gracieux,
Ou bien me répondez en vers malicieux.
Blâmez fort, critiquez, et si je déraisonne,
Relevez, corrigez, de grand cœur je pardonne.

IV

Oui l'habit fait le moine, en ce monde, partout,

Ecoutez mon récit, lisez-le jusqu'au bout.
J'arrivais, l'autre soir, dans une hôtellerie,
Je vis un beau monsieur, sous belle draperie.
Que peut-il advenir ? cela le touche peu,
Il est en bon hôtel, à bonne place au feu,
Il fait de son voyage une longue critique,
Puis il parle de tout, enfin de politique ;
Compliment à madame, aux enfants un baiser,
Caresse au Charles-king, bonne dent au souper,
Bon souper, par ma foi, repas de table d'hôte,
Légumes et poissons, rôti de gélinotte,
Les meilleurs mets enfin du meilleur restaurant,
Bon café, puis bon lit, le tout à l'avenant...
Le rabelaisien quart d'heure enfin arrive,
Pour ce quart d'heure il sait bien comment on l'esquive.
« Je suis en votre hôtel, par hasard sans argent,
« J'en attendais ici, quel garçon négligent !
« Mon fermier, par ce temps, m'a manqué de parole,
« Il devrait être ici, quelle tête frivole !
« Il payera fort cher ce retard importun,
« Ne l'auriez-vous point vu ? c'est un homme très brun.
« Ici dans peu de jours il faut que je revienne,
« J'ai reçu votre carte et vous remets la mienne.
Mais l'une est à payer, l'autre est un nom d'emprunt,
Le vicomte de B.. fils d'un comte défunt.
Sa carte est parfumée, irisée, écornée.
A l'écu champ d'azur, son armure est ornée
De bâtons croissantés, en sautoir gracieux,
Ce que l'art héraldique a de plus radieux ;
Bel écusson guerrier, portant le heaume à dextre,
Un chaînon argenté, le haubert à sénestre,
De couronne de comte, au sommet surmonté....
Déjà sur un beau gain, l'hôtelier a compté..
Savez-vous ce que c'est que ce jeune et beau sire,
Bien ganté, si bien mis et qui sait si bien dire ?
C'est un hardi coquin, il en fait son métier,
C'est ce qu'en industrie on nomme un chevalier ;
Ah ! ne confondez pas à ce mot industrie,
Le synonyme ici du mot escroquerie.
« Mais comment donc, monsieur, vous étiez bien chez nous,
« Vous viendrez nous revoir, on aura soin de vous.
Eh pardieu, le moyen qu'il n'y ait tromperie ?
Ce monsieur a bijoux, chaine, quincaillerie,
Battant sur son gilet, bague au doigt, il en faut,
Tout cela du clinquant, crisocale, du faux.
Croyez-vous que ce soit une chose bien rare,

Que l'on traite un fripon, sans demander une arrhe ?
« Adieu, faites, monsieur, bon voyage,. au revoir..
Et l'hôtelier a dit à son argent,, bonsoir..
Eh bien qu'en pensez-vous, l'habit fait-il le moine ?
Soignez avec ces gens-là votre patrimoine.

V

Notre beau voyageur s'en va droit son chemin,
Guettant par ci, par là, quelqu'autre tour de main,
Mais le tour répété ferait bientôt connaître ;
C'est assez pour ici ; car il agit en maître.
Il faut bien réfléchir.., or sa réflexion
Lui dit il faut partir, fuir l'arrestation.
S'enfuir et se hâter, vite quitter la ville,
Chercher en autre lieu quelque dupe facile..
Le moyen de transport c'est le chemin de fer,
Peste.. des yeux d'argus veillent comme en enfer...
Nous n'avons plus enfin tous ces sales carrosses,
Mal tenus, mal brossés et traînés par des rosses,
Où voyageurs et chiens et femmes entassés,
Ne pouvaient respirer tant ils étaient pressés.
C'était le maquignon fumant sa noire pipe,
Ou bien le bâteleur bigarré sous sa nippe,
Ce n'est plus la patache avec ses temps d'arrêt,
Pour la simple bouteille à chaque cabaret,
Qui nons brisait le corps et nous arrachait l'âme.
Véhicules maudits, c'est là mon dernier blâme!.
Le tour est difficile, ici, c'est au comptant,
Que l'on prend place au train, car on paie en entrant.
Pour notre chevalier c'est chose bien aisée,
Il se sert de grands mots, maxime quoique usée ;
Il plaît au receveur en conversation ;
Car il parle fort bien, avec précaution.
« Je me suis tant pressé dans mon active course,
« En quelque part j'aurai laissé tomber ma bourse.
« Voulez-vous mes bijoux, ma montre, mon sautoir?
« Je les mets en vos mains, je payerai ce soir ;
« Mais je voudrais partir pour affaire pressante.
« On m'attend au logis, votre train de descente
« Passe près de chez moi, mon habitation
« Est à moins de cent pas de votre station.
Ce monsieur a bon ton, bon air, bonne manière,
Le pauvre receveur suit la commune ornière.
Soyons sans crainte aucune, il faut le contenter,
D'un homme si bien mis, je ne saurais douter.

« Ah! vous ne voulez pas d'un billet de troisième,
« On est là trop mêlé ; le billet de deuxième
« Ne peut vous convenir ; il vous faut un coupé-
« -lit, c'est la place d'un homme si bien drapé.
« Conservez vos bijoux, j'ai toute confiance :
« Les accepter vraiment, serait vous faire offense ;
« Vous enverrez le prix par un train de demain.
Mon pauvre receveur tu peux serrer la main.
Eh bien le tour est fait, cela vous parait drôle,
L'habit du moine encore a bien rempli son rôle.

VI

Combien de faits encore je pourrais raconter,
J'en ai jusqu'à demain sans en rien décompter,
Et ce gentil hussard d'ex-garde impériale,
Autrefois en sabots ou nu pieds sur la dalle,
En sarrau conduisant tout le bétail aux prés.
Au labour, au marché du village tout près.
Voyez donc son dolman, sous sa soyeuse ganse,
Sa veste, ses galons, son pantalon garance.
C'était autrefois Jean, bien aimé de Suzon,
Il le lui rendait bien en honnête garçon.
Qu'il est beau ! non pas lui ; mais c'est son uniforme,
Élégamment taillé, qui dessine la forme.
Cette pauvre Suzon ! un dédaigneux souris
Semble dire à l'enfant, mon cœur est à Paris.
Voyez comme il s'entend à friser sa moustache ;
Comme il tient aisément sa flexible cravache.
Les anciens l'ont fêté, les mères le vont voir,
Et dans chaque ménage on l'invite le soir.
Un hussard, c'est si beau !.. mais cette bienvenue
A-t-elle fêté l'homme ? oh non c'est la tenue.
De notre moine encor, on le voit c'est l'habit
Qui relève ici l'homme et le met en crédit.

VII

Et toujours et partout, au théâtre, à la ville,
A la cour, là surtout, c'est chose difficile,
Pour distinguer un prince d'un ambassadeur,
Le marquis député, le baron sénateur.
L'habit du moine encor indique les distances,
Et ceux à qui l'on doit plus grandes déférences..
Tenez en fait de mœurs, je puis en remontrer.
Voulez-vous lire encor, je vais le démontrer.
Avez-vous remarqué cette jeune fillette,

A-t-elle regardé ce jeune homme en casquette ?
Vraiment non, cependant c'est un sage ouvrier ;
Mais il porte la veste, il a le tablier.
Vous n'avez pas compris, ah ! c'est que non loin d'elle,
Un dandy toiletté soignait de près la belle ;
Son regard fascinant, sous son double lorgnon,
Fit l'œuvre du serpent, sur un faible oisillon.
Pauvre enfant, tu ne sais pas du moine l'histoire !
L'habit, toujours l'habit, ce qu'il faut ne pas croire ;
Ce regard, ce lorgnon, tout cela c'est menteur,
Et tu n'as rencontré qu'un adroit séducteur.,.
Encore une leçon, c'est l'habit qui la donne,
Puis à d'autres bientôt, car plus rien ne m'étonne....
Et voyez dans ce champ ce timide chasseur,
Il s'enfuit, et pourquoi ? pourquoi ? c'est qu'il a peur,
Il n'a pas de permis, il a peur pour son arme,
Il vient d'apercevoir un habit de gendarme.

VIII

Encore un trait, plus qu'un ce sera le dernier.
Pourtant j'aime à jaser, je ne puis le nier.
Ce grave magistrat bien drapé dans sa toge,
Ignorant, soucieux et puissant comme un doge,
Je parle ici, bien sûr, de ceux des autrefois,
Car tous ceux d'aujourd'hui connaissent bien les lois,
Et tous ces avocats, (de l'autre temps encore),
Abusant du langage et de la métaphore.
Leur robe, leur bonnet et la chausse à l'habit,
Relevaient leur savoir, leur donnaient de l'esprit.
Le moine c'est l'habit c'est chose convenue..
Toute réflexion serait fort mal venue..
Amiraux, généraux, ministres et préfets,
Présidents, conseillers, tous savants, tous parfaits,
Et vous aussi, messieurs, de nos académies,
Illustres par le nom et tout puissants génies,
Tous gens d'un grand mérite et pleins de qualités,
Je reconnais en vous, grandes capacités.
Laissez courir encor ma vagabonde plume.
A tous elle dira, croyez-moi, le costume
En impose d'abord, indique le savoir,
Le rang, la dignité, le talent, le pouvoir.

IV

Et si je vous disais que dans beaucoup de causes,
L'habit du moine encor peut s'appliquer aux choses.

J'en prends une en vos jeux, vos repas, vos plaisirs,
Dont l'abus bien souvent coûte d'amers soupirs.
Vous aimez le bon vin.. voyez cette bouteille
De Champagne mousseux.. elle promet merveille..
Son étiquette d'or, son goulot argenté,
Vous avez sûrement première qualité.
C'est le vin du dessert, la coupe est préparée..
La pince a fait son jeu, l'attache est séparée..
Et l'éclat.. et la mousse.. on attend interdit,
Le moine est encore là.. l'étiquette est l'habit.
Le bouchon est rétif, on le retire flasque,
Le vin, sa qualité, se couvraient de ce masque,
On vous l'avait vanté, c'était un vin d'aï,
Au diable le marchand que son nom soit haï.

X

Et si je consultais vos désirs, votre rêve,
Votre cœur est épris, il n'a ni paix, ni trêve :
Je suis vieux, j'ai le droit de donner un conseil,
Croyez-le, suivez-le, qu'il vous tienne en éveil,
A vous tous, jeunes gens, pensant au mariage,
Vous cherchez la beauté, les grâces, le jeune âge
Et la fortune aussi, ce qui ne gâte rien.
Mais vous ne songez pas qu'il est un plus grand bien.;
Cherchez, étudiez le fond du caractère,
Le bonheur espéré ne doit être éphémère.
La grâce, la beauté, croyez-moi, c'est l'habit,
Qui nous trompe souvent, que souvent on maudit..
Comme c'est gracieux d'avoir femme fantasque,
D'entendre chaque jour, au matin, la bourrasque !
Avant de vous lier, assurez-vous donc bien,
La douceur à la femme est seule le vrai bien.
C'est là ce bel habit qu'on nomme modestie,
Candeur, affection, amour et sympathie,
Ce sont les charmes vrais et les plus beaux appas,
C'est le plus bel habit, il ne se découd pas.

XI

Je pourrais emprunter à la mythologie,
Y trouver plus d'un trait et par analogie
En faveur de l'habit ; raconter que les dieux,
En ces temps, se plaisaient à délaisser les cieux,
Pour venir visiter notre machine ronde,
Et parfois déguisés sous forme vagabonde,

Se mêler parmi nous comme simples mortels,
Apporter leur encens aux profanes autels.
Jupiter, Apollon, Junon, Vénus, Minerve,
M'offriraient des sujets pour animer ma verve,
Jupiter roi des cieux, des dieux le plus puissant,
Prenait, parfois, l'habit le moins éblouissant,
Pour cacher sa grandeur, sa splendeur et sa gloire,
Ce changement rendait plus douce sa victoire..
En taureau pour Europe.. en Cigne pour Léda,
En or pour Danaë.. puis encor.. nenni-dà,.
Je ne le dirai pas, mon œuvre est trop morale,
Pour y glisser un mot une ombre de scandale.
La mère en permettra la lecture.. à sa bru,
Vous voyez, cher censeur, je n'ai dit rien de cru,
Je dis des vérités simples et sans conteste ;
Pourquoi les affirmer ? vous le savez de reste.
Que d'humains de nos jours ressemblent aux faux dieux,
En parant, attifant, contrefaisant au mieux
Leurs souhaits, leurs désirs, leurs habits, leurs allures.
Que de déguisements ! combien de bigarrures !
Dont le but espéré vient prouver que l'habit
A partout son pouvoir, au Nadir, au Zénith..

XII

Je viens de l'établir par de nombreux exemples,
Et j'ai puisé partout les preuves les plus amples,
J'ai parlé des faux dieux, de leurs déguisements,
Deux mots sur la fillette et sur les faux amants,
J'ai parlé de blason, de scène politique,
D'hôtel, de magistrats, de soldat magnifique,
De vin, de mariage et de chemin de fer,
Pour trouver un sujet.. j'irais jusqu'à l'enfer..
Je serais curieux de voir ce précipice.
Orphéus y fut bien cherchant son Eurydice,
L'enfer vit après lui le *pater Eneas,*
On y va bien encor,.. mais on n'en revient pas.
Un autre jour, un fou.. le poëte Empédocles,
Un philosophe ancien, vint déposer ses socles,
Sur le bord du caractère embrasé d'un volcan,
Et fut voir si l'enfer s'occupait de cancan..
Le Ténare, on le sait, a sa plus grande porte
Au Vésuve, à l'Etna, vers le sommet; de sorte
Que de là l'on descend sur le noir Achéron,
Tout droit chez Pluton, par le bateau de Caron.

J'ai dit deux mots aussi du censeur mirifique
Qui voulait m'imposer la forme romantique.
J'ai parlé des enfants, de toilette, de bal,
De votre perroquet, natif du Sénégal.
Si quelque autre sujet arrive à ma mémoire,
Je saurai vous en dire, un autre jour l'histoire.
Plus tard je chercherai si ce qui brille est or.
Faites-moi bon accueil, je puis vous dire encor
Le cancan.. vous rirez à cette œuvre humoriste,
Non faite, j'en conviens, pour le séminariste.
Les traits en sont piquants et divisés par lots,
J'emprunte à mon cancan ; oyez en quelques mots.
« La morsure qui fait le mal le plus atroce
« Est celle de la dent de la bête féroce
« Que l'on nomme ici-bas le calomniateur.
« Chez l'animal privé, c'est la dent du flatteur...
« J'ajoute et dis encor l'ignoble calomnie
« Est un charbon ardent, de puissance infinie,
« Qui ne respecte rien, pas même le trépas ;
« Et qui noircit toujours quand il ne brûle pas...
« Or qu'est-ce le cancan ? sinon la calomnie
« Qu'on invente à plaisir et que chacun renie...
Eh ! mais.. mais.. j'oubliais.. mon moine, son habit,
J'y reviens et reprends le fil de mon récit.
Pour démontrer encor tout ce qu'ici j'avance,
Si je veux un soutien digne de déférence
Je pourrai m'appuyer sur un savant auteur,
Je le trouve aisément,. un aimable conteur..
Voyons et consultons notre bon La Fontaine,
Ce poëte charmant, profond, naïf, sans haine..
Quand il cite un roussin, sous la peau du lion,
Causant l'effroi partout, ou l'agitation,
Cette peau, c'est l'habit qui fait peur, qui menace ;
Mais l'oreille paraît, au moulin on le chasse,
Et ce geai se parant d'un plumage étranger,
Et ce loup s'affublant de l'habit du berger ;
Combien de gens parés montrent le bout d'oreille !
Prenez garde à l'habit, si prudence conseille,
Cette boutade encore ironique en son but,
Magistrat ignorant, à la robe salut !
Robe, peau de lion et du paon le plumage,
Sont souvent mal portés.. vérité de tout âge,
De notre moine enfin, l'habit toujours l'habit,
Quoique usé, toujours neuf... morale du récit,
Ne vous plaignez donc pas, si jugeant sur la mine,
Vous vous laissez duper.. j'ai dit et je termine,

En vous disant à tous, bonsoir et bonne nuit
Ma lumière s'éteint, j'entends sonner minuit.

Annonay, 1872.

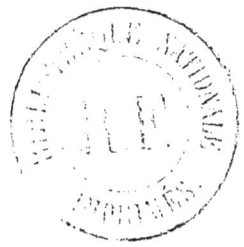

P. FIÉRON.

www.ingramcontent.com/pod-product-compliance
Lightning Source LLC
Chambersburg PA
CBHW061425170626
46811CB00005B/2130